停不下的脚步

离开满城繁华，转身，就是宁静。
一片海，半个时辰，隔开的是两个世界。
这片净土，
离繁华之最二十海里，
离心灵深处零海里。

钟娴 著

新世界出版社
NEW WORLD PRESS

图书在版编目（CIP）数据

停不下的脚步 / 钟娴著 . -- 北京 : 新世界出版社，2016.7
ISBN 978-7-5104-5839-2

Ⅰ . ①停… Ⅱ . ①钟… Ⅲ . ①游记—作品集—中国—当代 Ⅳ . ① I267.4

中国版本图书馆 CIP 数据核字 (2016) 第 149099 号

停不下的脚步

作　　者：钟　娴
策划编辑：张铁成
责任编辑：袁　静
责任印制：李一鸣　黄厚清
出版发行：新世界出版社
社　址：北京西城区百万庄大街 24 号 (100037)
发行部：(010)6899 5968　(010)6899 8705（传真）
总编室：(010)6899 5424　(010)6832 6679（传真）
http://www.nwp.cn
http://www.nwp.com.cn
版权部：+8610 6899 6306
版权部电子信箱：nwpcd@sina.com
印　刷：北京亚通印刷有限责任公司
经　销：新华书店
开　本：787mm × 1092mm　1/16
字　数：70 千字　印张：14
版　次：2016 年 7 月第 1 版　2016 年 7 月第 1 次印刷
书　号：978-7-5104-5839-2
定　价：38.00 元

序

亲，你慢点，等等我

这个优雅的女子总是在不经意间给人带来惊喜，包括两年前那本至今还令我回味无穷的——《绽放》，还有两年后的这第二本书。

书如其人，豪迈、浪漫、细致、坚强、自信、随性，还有一丝说不清道不明，也许是与生俱来的淡淡的忧伤，钟娴身上的这些特质，无不在她的书中展现得淋漓尽致。看完《停不下的脚步》的初稿，看过钟娴在2015年的精彩呈现，感受这个女子对工作和生活的热爱，感受她把各种情感融于山水而自怡的情趣，感受她的美丽动人的节奏，感受她在旅途中对人生的诠释，不禁然艳羡凡俗女子竟活得 如此美轮美奂！

这样的女子，有这样的豪情，有这样的文才，忙时工作，闲时游历，不管忙与闲，脚步从没停过，总在追逐自己的梦想。忙也好，闲也罢，优雅的装束总在身上，从容的笑容总绽放在脸上，满腔的热情总洋溢在心里。说不上她有多漂亮，但她的气质，我相信是绝对令人难忘的。那样的气质，不是用端庄、高雅这样的普通词语所能概括的。她的一颦一笑，一转身一回眸，让我这样的女人都觉得心动。呵呵，别样的女子，不仅令男人心动也会令女人动情。

在我的诸多朋友中，我与钟娴的见面和联系并不多，但我们总在默默地关注对方。我在微信里总能看见她优雅的身姿，昨天在空中，今天在海边；时而职业装，时而休闲服；

一会加班，一会亲情；才见刚强，又显柔情；其追求之高尚持恒，其工作之敬业高效，其生活之灿烂明媚，其情义之深厚绵长，其能量之正面积极，可见一斑。微时代，还能有像钟娴这样的女子(最起码在我的朋友圈里)活得如此另类，实在令人敬佩！

是不是看过钟娴这本游记的人们，也会像我一样顿感：人生如此短暂，我们虚度的年华已逝不可返。恨不能现在就跟上钟娴的脚步，活出精彩，不枉人生。

亲，你慢点，等等我，期待你的下一本书里能有我。

张嫜

Senior HR Manager—HOPLUN China

2015 年 11 月 15 日 于东莞

自序

时光慢点，脚步快点

2013年秋，我的第一本书《绽放》如期出版后，我亦如释重负，并宣称退休后再出第二本书。

仅隔两年，当我的第二本书就要出版时，连我也讶于这样的速度。是等退休太漫长而迫不及待出书吗？不是。

从萌发到决定再次写书，是在那个初秋的雨夜，在雨声淅沥中蓦然回首，惊觉我的这大半年几乎都是在旅途上：初春在京城偶遇第一场雪；春末与老同学相聚外伶仃岛；盛夏从江南吟诗作赋回来便投奔到大西北的壮阔土地放飞豪情；未等停歇，又远渡重洋，在南半球的巴西领略异国风光；脚步还停不下来，工作之余，在香港离岛静享繁华背后的宁静；穿旗袍游名园，循着先人的足迹，找寻家乡的古村落。

世人并不在意谁的哪一年是怎样度过的，可是，我在意我的。惊叹这一年的每一天，我竟活得如此精彩绝伦。若不完美记录并与人分享，便有负于这即将逝去的一年。于是，我决定写一本游记。

我不得不赞叹自己的激情与速度（自嘲为钟氏赞叹，在书中多篇文章里都出现过）。速8已过时，因为我这一年的游历堪称为速9。以出版书的形式为自己即将逝去的一年作一个完美总结，不多见吧？我做到了，为我赞叹吧。

友人问我累不累，累吗？不累。我很享受这样高速的时空变化和节奏，我很享受这样走在时光的最深处，以我图文并茂的游记为证，以我饱含深情的文字和镜头为证。

这本书的不易，也许在你的意料之外。这么多的时间在旅途中，不在旅途中的时间又忙碌于工作和生活，上哪儿找时间写书？好问题。我若告诉你我是这样写成这本书的，你一定会比赞叹我的游记更赞叹我的精神：及时记录旅途中的灵感，若没时间记录，脑子里就必须要有一块纯净的空间存储，就必须要有一个好的记忆力，上下班路上组词、造句、构思、比较、修改，晚上或周末抽空在家笔耕。于是，一篇篇美文便在我匆匆的脚步中、在地铁上、在公交车上于脑中成稿、在灯下噼啪成文。2015 年外贸形势较差，在巨大的工作压力之下，我没有停下脚步，更没有放弃写文。如果你在这本书里看到了精彩和绚烂，那么我告诉你这本书里还浸透了泪水和汗水。

我的 2015，是在路上旖旎的风光中度过，是在速度与激情中度过。我曾在微信朋友圈里这样总结我的这一年：工作、培训、学习，旅行、烹饪、写书，没有一天虚度过；亲情、友情、人情，梦想、追求、现实，没有一样落下过。这样的一年，恍若过了很多年，令人赞叹不绝。我现在就能想见，多年后再忆起，依然很美，很值。

2015 已经逝去，恨时光不能再慢点，恨脚步不能再快点。

谨以此书，致我绚丽姝美的 2015。

2015 年 11 月 10 日　广州

目　录

CONTENTS

京城趣事

∮ ∮ ∮

婆家的娘家在北京，京城云集众多亲戚，于是，婚后便有了机会和理由多次到北京游玩。与此前对游历有着深厚的历史文化底蕴的古都时深感肃穆凝重不同的是，2015 年春节期间，我们一家三口与我的姐姐、侄子共游京城。因为两个可爱的孩子，使这次京城之旅趣味横生，使古老的京城都欢快了起来。

侄子是个上小学四年级的英俊少年，我的孩子是个刚满 6 岁的萌娃，俩孩子时而亲密无间，时而嬉戏打闹，经常是刚和好、回头又打起来，这头我们刚劝完架，那头哥俩又搂抱在一起了。在京城的 10 天里，伴着极具动感的这俩孩子，我们的相机一刻也没停歇过。

看，俩孩子在京城各个角落的精彩瞬间；听，俩孩子那令人忍俊不禁的童言趣语。

哥哥："先别拍，等等我呀。"

弟弟："别等哥哥，快拍呀，嘿嘿。"

"哼，没有小屁孩在，我是不是更酷呢。"

"爸爸说了，在庄重的地方不要戴墨镜，要像我这样才好。"

"你们说，星探会不会经过这里顺便发现我呢？"

“说不定星探就住在这里，他们一出来就会发现我，呵呵。”

“哥哥快来救我呀，狮子咬我啦。”

10 岁的侄子已有了初步的审美观和很强的模仿能力，经常模仿心目中的偶像的动作和言语。皇城根下，哥哥倚靠古城墙边，又在耍酷。一直觉得哥哥很帅的弟弟也赶忙过来，学着哥哥的姿态，跟着哥哥说他那口头禅：

“不卑不亢，男人本色，Yeah！”

哥哥："阿弥陀佛，保佑我旁边这个小屁孩不要再那么烦人。"

弟弟："阿弥陀佛，保佑我快点长得像哥哥那么MAN。"

哥哥：“我跟你说，这里是以前的皇帝经常来拜神的地方。”

弟弟：“真的吗？那现在还来不来了？”

哥哥：“现在啊，就难说了，嗯，我想想。”

弟弟：“那要是来了，我们是不是要躲起来？”

哥哥：“嘘，来了，别出声。”

弟弟：“可是，在哪儿呀？”

弟弟：“哼，哥哥骗人！”

哥哥：“谁叫你信的？”

“我想，当个千年卧佛也是不错的。”

“当卧佛太累了，还是当个坐佛舒服，呵呵。”

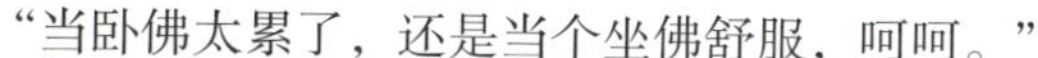

在故宫御花园，弟弟一直紧紧追随哥哥，不时在哥哥背后搞搞恶作剧，无奈的哥哥白了一眼弟弟，坐在廊亭的凳子上，叹着气。弟弟见势也学哥哥的样子坐下来。

哥哥：“唉，和小屁孩一起玩太没劲了！”

两个孩子对古代皇帝住的地方兴趣盎然，一路不停地问各种关于皇帝的问题。

哥哥：“看，我动动手指，就可以把以前的皇帝变出来。”

弟弟：“哇，哥哥，你太厉害了！好，我等着！”

弟弟：“我后面没人，快拍吧。”

哥哥：“当我不在啊？”

哥哥：“哈哈，美少年，来一张。”

弟弟：“哼，才不想看呢。”

哥俩刚打完架。

哥哥："算了，原谅你吧，下次别再惹我啦。"

弟弟："他打我，干嘛还要跟他一起照相？"

大年初二，京城迎来了 2015 年的第一场雪，据亲戚说，北京已经好几年过年没下雪了，我们正赶巧了。第一次看见下雪的哥俩无比兴奋，前一天晚上打闹哭啼的不快早已忘记，一大早就迫不及待地出来打雪仗、堆雪人了。两个第一次玩雪的孩子还是在玩之前犯了难。

“我这辈子第一次看见下雪耶，呵呵。”

“孩子，你才六岁耶。”

“妈妈，你是不是长到这么老也是第一次看见下雪？”

“孩子，你娘我可是大西北长大的。”

“好神奇哟，天安门离我们住的地方那么远，也下雪了耶！”

哥哥：“我听说雪里会埋着金子。”
弟弟：“真的呀？那我们一起来找一找。”

弟弟：“哥哥，快，我们一起这样扬起手。”
哥哥：“都快冻僵了，才不要和你一起扬手。”
“哇塞，这辈子从没有来过这么冷的地方。”

“我认识他们，可他们都不认识我。”

在京城的最后一天，说好的爬长城，哥哥临时变卦不去，说是太辛苦了。弟弟坚定地跟随爸爸去了。

“我小时候做梦都梦到爬长城呢，今天终于实现梦想了！”

“古代的大人不幸福，因为他们要修这么长的长城。”

“原来烽火台是这个样子的。”

“爸爸，你是不是觉得我更坚强了？”

加油，马上就要到顶了！

“爸爸，快打电话告诉妈妈说我登上长城、拿了冠军了！”

我现在感到特别自豪！

今天爬长城真有意思，就是有点累！爸爸，我们今晚能在水立方睡吗？啊哈。

情深那片海

𝄞 𝄞 𝄞

给你一片海，让我们来相聚，好吗？

曾经，海，是我漂泊的梦，是我忆中的痛。曾经，多少次站立海中，任海风吹彻心扉，让灵魂展露大海。

停泊在昨日记忆的码头，探柔滑如海的梦里已层叠斑驳。当年婉思柔情的望海女子已坚硬如经年风吹浪打的岩礁。

就让曾经的誓言飞舞吧，随西风飘荡。（我在聚会上深情唱词。）

往事走远已久，海依旧，心已澈。再想海的日子，一切变得透明从容。

水何澹澹，山岛竦峙。树木丛生，百草丰茂。

海岛山顶上的每一块石头都这么鲜明生动，它们都应该有着令人难忘的名字。

登山则情满于山，观海则意溢于海。

惶恐滩头说惶恐，零丁洋里叹零丁。人生自古谁无死，留取丹心照汗青。你是否在聆听海面上回荡着千年的文天祥慷慨激昂的爱国热情和视死如归的高风亮节？

海天间，你让大海沉静了波浪，你让天空黯淡了云彩。

二十载光阴，携风雨和阳光，伴鲜花和荆棘，流逝在波浪滔滔中……

谁娶了多愁善感的你？谁为你披了嫁衣？（聚会上同学的深情唱词。）

当年调皮捣蛋、惹女生哭的“坏”男生，如今已是顶天立地的汉子。站在这片海的制高点，撑起和海水一样蔚蓝的天空。

二十载荏苒光阴，恰不过是这片海中的一波涟漪。

也许，此后下一个二十载，我们不会再共赴这片海。曾情深那片海，亦无悔。

致我十年芷兰的诗光

∮ ∮ ∮

有人说，人在陌生地的心境就是当下活着的状态，不无道理。

再逢上海，已是十年后、2015年的这个鲜灿绚烂的夏天。当然，没有了十年前漠视满城繁华的黯然神伤。

十年前的那个冬天，身体大面积烧伤后初愈的我极度抑郁。丈夫陪我到北方散心，一路北上，途经上海，短暂停留。

那个寒风萧萧的夜，我悠悠踟蹰在黄浦江畔，心境如彼时的寒冬一般冰冷，纵使江里江外霓虹魅影又与我何干？人在伤中，总是身伤心更伤。在异乡，眼里那在寒风中凌冽的江水就是我那惊涛骇浪、跌宕多舛的往事。

再见上海，一样繁华盛景的黄浦江畔，十年前留在这里的漠然惆怅我还记得，然而忘了我身上那曾经痛彻心扉的伤疤，似乎从未伤过，虽然印记晰然。但此刻我却心灿烂如被霓虹映照的明滟水波。

重游旧地，无意眷恋满城繁华，我欣然拐进闹市里的那块情致盎然的境地——田子坊，一条满载上海故事的里弄，去找寻上海旧时优雅的背影。

经典国货
上海女人
SHANGHAI WOMEN
旗舰

看不倦，走不乏，还是要寻个角落，静静地坐着，闲看弄里人来人往、华灯红绿交映。在光线很动人、音乐很轻柔的酒吧，来一杯醇烈的朗姆酒，就着上海弄堂的夜色，小口吮啜，唇齿间满是探寻上海故事的幽柔。

最大的幸福，莫过于在异乡找寻到承载历史的明信片。我爱在某个僻静的角落用心写下寥寥数语，连同异乡的空气，一同寄给远方的至亲好友。有一种情怀，叫浪漫，此刻正被我小心装进信封里。

十年，可以改变一生中很多事情，也可以造就一些事情。十年，改变的不仅是容颜，还有心境。感谢上苍让我在过去的十年里历经磨炼，让现在的我“水流任急境常静，花落虽频意自闲”。

我在十年如诗的旖旎中，完成了从青年到中年的华丽转变，如今心静如湖水，既潋滟，也明媚。人到中年，虽开始怀旧，却从不颓废，依旧坚持着儿时的梦想，不管此生还能不能再实现。譬如写作，无碍于达不到高上的水平，但却是我此生最大的爱好，无论工作有多忙亦无论生活有多难，我都从未放弃过。于我，写作是触及心灵的享受。

十年的风雨，足以把我这个曾经争强好胜的硬女子雕琢成温润细柔的软玉。在时光的最深处，是充满爱的灵魂。我在岁月的磨砺中，对工作的热情从未因周而复始而降低过一丝一毫，对家人的爱眷从未因遭遇困境而减少过半分半厘，对朋友的真诚从未因相隔遥远而倦怠过半丝半缕。

我把十年的经历化作智慧。年轻时的我不谙世事，以为一副好身体、一股闯劲、一身好本领便可以独闯天下；中年的我，在历经无数次头破血流后，渐渐明白了该如何保养自己的好身体、该如何运用暗劲、该如何韬光养晦。对十年前处在青年和中年交界中的我，不禁莞尔。

凝视霓虹下流光溢彩的黄浦江水，叹江水如逝水流年。岁月就这样在人心若痛若暖中蹉跎着。我，就这样在岁月的蹉跎中绚丽着。

我轻轻转身，再回首，十年已在江心的漩涡里，慢慢抚成涟漪，在夜幕中渐渐消失……

曾在一本书里看到过这样一段话：“最好的旅行，不是能见到多少人、见过多美的风景。而是走着走着，在一个机遇下，突然重新认识了自己。在一个陌生的地方，发现一种久违的感动。”

这个夏天的这个夜晚，我在黄浦江畔感动着，不是因为夜上海的充满现实感的奢华而感动，而是因为看到了我的十年而感动，而是因为十年后重新认识了自己而感动。

我以璀璨夺目的上海夜景，配深情如斯的此文，献给我十年芷兰的诗光。

/我在水乡，水乡在梦里/

∮ ∮ ∮

心中那个埋藏多年的梦想，一直未曾启封：做个水乡女子，居临水湄，摇橹泛舟吟唱，撑伞漫步雨巷，长发伴柳絮飞扬云桥畔……

如此美好的梦，我怎舍得启封？然而，我的水乡梦毕竟是梦，我始终不能抛却我离水乡千里外的现实种种去水乡做梦，且我内心天生的狂野也成就不了水乡的柔美。自剪掉了我那飘逸的长发，便也剪断了我遥美的水乡梦。一次次造访水乡，水乡待我如过客，我视水乡如梦境。

再回水乡，已是十年后这个芳菲蕴韵的夏天。公差到江南不枉是个美差事。工作结束后的第二天可以全天游玩，我想都没想，便带上九零后的同事小美眉来到我的梦里水乡——周庄。

早上5点起床，赶7点的早班车，8：30到达周庄，吃上著名的奥灶面，开始美好的水乡一日游。

7月的水乡酷热不足，清凉有余，我在水边的江南丝绸店里选了一件白底素花的古装衬褂当外衣穿上，本想是穿着暖和点，却无意间应了小镇的古风水韵，成了水乡的一抹风景。

水，是水乡的经络，一水通乡，水脉纵横，水路交错，蜿蜒迤逦，流尽婉约悠美，望尽灵动盎然。街巷临河、桥岸相连，很是羡慕水乡人临水而居，邻里隔河相约，泛舟往来。偶见两舟相遇水中，船家在两舟交错而过之际短唠家常，唠不完的留待下一个交错而过，很是别致的水乡邻里情。时而可听见水面传来摇橹女子甜美清澈的江南民谣，细润水柔的吴侬软语，轻弹水面，泛起丝丝涟漪，让人心醉。

我在水乡巷陌那古旧黑亮的青石板上和生于斯长于斯从未离于斯的当地老者脸上深深的皱纹里，努力在品读着周庄的沧桑变化。这个有着900多年历史的水乡古镇，在现代时尚城市的一隅，诠释着她独具一格的古风淳美。

水畔民居，间或可见深宅大院，是旧时大户人家的住所，在民居林立中煞是惹眼。

古街深巷有人家。青苔铺瓦，斑驳刻墙，老老的房子曾住过谁、现在还住着谁？

进了水乡，神觉有种力量在召唤，竟轻了脚步，柔了眼神。廊亭内，婉然端坐，浅笑凝望，是否有双眸剪秋水，十指拨青葱的气韵？

我承认，我有古代仕女情结。闲时，我总爱幻想自己是古代女子的模样：曲眉丰颊，娉婷婀娜，蕙质兰心，手如柔荑，肤如凝脂，领如蝤蛴，齿如瓠犀，螓首蛾眉，巧笑倩兮，美目盼兮。此刻，于唐风孑遗、宋水依依的烟雨江南，我便也成了如画的梦寐的水乡女子。

绿树浓阴夏日长，楼台倒影入池塘。水晶帘动微风起，满架蔷薇一院香。

雨后，阳光微淡，岁月静好，此刻最美。

午后一阵徐风，吹散了笼罩在水面上的雾霾，飘来远处荷香萦绕。若不循着香迹寻花而去，岂不负了这仲夏的花香柔美？还能有什么比让嬛儿沉醉花香中更畅然？若是逸着花香，寻径去后花园，人生真真是极好的。——在《甄嬛传》风靡全国的几年前，我虽不似众多甄嬛迷那样疯狂，但也被其剧情吸引得如痴如醉，更着迷上了甄嬛体。闲时亦偶与友以甄嬛体空中对话，甚至演绎其中剧情。此刻，在古朴秀美的江南水乡，又怎能不激起我的古仕情怀？

每游一处，我都会寄当地的风景明信片与远方的亲朋好友。在这样如诗如画、古风古韵、情怀很美的水乡，又怎能不遥寄思情一片？在猫的天空概念书店，我很享受这样，有充足的时间，在明信片上写上片言只句，贴上快乐的邮票，满怀期待地寄出去。接下来，幸福就是收到亲朋好友的意外惊喜。

热爱水乡的人，最美的莫过于能夜宿水乡。住在临河边的客栈，踩着吱呀响的古旧木楼梯上到阁楼，推开雕花窗棂，看远处断桥孤美在粼粼波光和清清月色中。那，是我十年前的那个冬天夜宿西塘水边客栈的美丽记忆。可惜，因时间不允许，我不能了夜宿周庄的愿望。

江南水乡都具有灵秀的共性，但神韵各不一。人们总说周庄太商业化。我以为，如果不商业化，那得要退回到旧时的水乡。世间万物随时代的变迁而变化，水乡也应是，全然古风的水乡在高速发展的现代定然不存在，即便有，也是现代的精工雕作。中国的快速发展也可从水乡的发展体现尽然。和我十年前游过的乌镇和西塘不一样的是，随着旅游业的高速发展，周庄也成为闻名中外的神州第一水乡。若生在古代，我定喜欢古时周庄的模样。而生在现代的我，又有什么理由不爱上历经岁月变迁的周庄？

水乡一日，游得满河满巷唐诗宋词，那诗词在水上在桥畔在青石板上；游得满怀满情诗意画境，那意境于雨中于风中于阳光里。

婉丽的水乡，雅致的情怀，优柔的梦。

/一路西行一路歌/

∮ ∮ ∮

看过很多、自己也曾写过人与自然完美相融的游记。此刻，我想尝试站在人性的角度，写一篇我们今夏刚经历过的、人性与自然相融、心灵与天地共契、图文并茂的西行游记。

我们，24 年前的高中同学，当年羞涩腼腆的少女，相互间罕言寡语，24 年间往来寥寥，24 年后的这个夏天，人到中年、已为人妻母的我们，从南国相约来到大西北，畅游塞外风光，挽叙我们落寞 24 年的友情，共筑我们内心坚固的情谊根基。24 年后共聚西北的我们才发现，原来我们竟如此相近相吸：豪迈的情怀，强健的体魄，良好的心理素质，坚强的意志，寄情山水的爱国主义，无时不有的浪漫情怀，无处不在的团队精神、文明的出行，这些，从我们由内到外散发出来的光芒，在这次游侠客传奇西北行中共同体现得淋漓尽致。我若不以文字记录，将愧对我们这场堪称壮丽的旅程，可我，怎么也找不到最美的文字来点滴记录，只因，最美的文字并最美的灵魂已落在了大西北浩瀚的土地上……

看，温婉的南国女子如何畅抒豪情万丈

这绝对是场说走就走的旅程。6月热情邀约，7月完美成行。从邀约的坚定到准备的过程，没有半点迟疑和拖沓，注定了接下来的旅程必定是豪情万丈的。

暮剪驼队远景，几声铃语，勾起无边思绪，煞是古时西域驼队之重现！

在云端，心与天高，情似云柔！

雄关下，侠女情，干尽这杯黄河啤酒！夜宿嘉峪关古城，想起古诗词“暮宿嘉峪关，别酒破萧瑟。凌晨出西门，送客旌旗密”。此关此夜此酒此诗此情，何其壮也！

在青藏，又怎能不喝瓶青稞酒？40 多度，不烈，干了，缓缓下肚，是千年雪山的味道，是高原牧场的味道，是大漠戈壁的味道，是猛烈阳光的味道……

卸下行过千里大漠里后的满脸疲惫和扬沙，且在丝绸古道重镇——瓜州小憩，满地的、满路的瓜果，就着满树的阳光，爽爽地吃个够吧！

身有多强健，路就有多远，景色就有多美

从南方到北国，从青海到甘肃，沿丝绸古路一路西行，虽值盛夏，但因地形差异较大、沿途路线较长、季节更替较快、早晚温差较大等如此种种因素，对于年已不惑的我们，是体验，更是考验。都知道无限风光在险峰，若没有强健的体魄，便又如何能让我们美丽的情怀在西北壮阔无垠的奇峰、险滩、高原和草场上恣意飞扬？

南方人在饮食上讲究清淡温润，刚来西北便立即能适应辣、咸、浓的饮食，吃嘛嘛香！不挑食，有啥吃啥，去哪吃哪，是在长线旅程中保持神清气爽、保存良好体力的前提。

我想，在西北，高原反应定是每一个来自南方的游客最关切的。往返 12 天下来，我们强健的体魄还真经得过了老天对我们的考验，还真对得起众亲朋好友对我们的祝福。

车行在海拔 3700 多米的达坂山公路上，在车上俯瞰窗外群峦叠嶂，伸手可及的纯蓝的天空和就在头顶上飘悠的白云，彷如行驶在天路上。多想站在山顶山扯一丈蓝天摘一朵白云披戴在身上！

神秘的冈什卡雪山下，平均海拔 3300 米的门源油菜花基地，60 万亩油菜花花开争艳，世界各地的游客慕名而来，我们，也因她的绝美而来。

拾级而上，极目远眺，白皑皑的雪山下，那一大片黄绿相间的“爱你一万年”的油菜花字造型，让人看着怦然心动，看后再也不能忘记。

驼铃扬沙的豪爽劲儿还没缓过来，便已在月牙泉边看夕阳下老树斜影，并在月上山腰之际登顶鸣沙山，体验步月登云的快感。

午时从茶卡盐湖出发，沿青海湖岸一路前行，阅尽湖岸青山、牧场、蒙古包，于下午到达此次传奇西北行的压轴景点——青海湖黑马河段，宿湖边藏民旅馆。放下行囊，未及梳洗，赶在落日前租车先来个环骑青海湖。高原上，沐夕霞，沿湖岸一路骑行、一路播撒爽朗笑语，那阵势伴着那感觉，太棒了！

带环骑后的余兴到暮色初降的湖边，观湖景，赏日落，恨不能在夕阳沉下的那一刹那追日而去。

日落后聚集藏民旅馆前，在藏家女孩的带领下参加篝火晚会。夜晚青海湖畔热烈的篝火，响彻青海湖的藏族歌曲，藏家女孩优美的舞姿，让一天都没停歇过的我们竟仍无一丝倦意。

篝火晚会的欢歌在青海湖的夜色中还未散尽，天未破晓，我们来到湖边观赏日出。于高原湖边看日出竟如此有高度和颜色的层次感：湖面上仍披着一层薄雾，不时有一行飞鸟在湖空上掠过，湖色在未褪尽的夜色加初升的晨光中云谲波诡。暮色一点一点地在褪去，天边云层在一层一层地变红，直到一轮红日如初生婴儿般破云而出，湖边观赏日出的人们欢呼雀跃，那一刻我再次赞叹大自然的神圣。

心有多强大，情就有多长，爱就有多深

如果你认为心理素质和旅游扯不上边，那你就错了。旅途中，难免也会遇到困难、挫折，会听到不和谐的声音，会发生不愉快的事情，会突发意外。这时，我们该怎么办？人在旅途，强健的体魄内必须要有一颗强大的内心。

在海拔3000米以上的高原、山路、牧场上，我们虽都没有大的高原反应，但偶尔也会气喘、晕眩，尤其是气喘，不免让人担心会不会是高原反应，也担心会加重并影响接下来的行程。每每在这种时候，我们总是互相提醒：慢点，平静，不要大声说话大声笑，保存体力。缓慢和平静，真的让人在高原上感觉良好。连日来的高原旅程，除了正常的气喘，我们均没有大的高原反应。

自我调节，缓冲疲劳。行程安排不算密集，但因西北土地辽阔、景点之间路线较长，加上高原连绵不绝，容易使人疲劳和不适。于是，我们抓住任何一个可能的机会补充体力，哪怕只是闭目养神，哪怕只是打个盹儿，醒来又是精神倍儿爽。

一方水土养一方人。虽只是旅程，但不把自己当过客，像西北人那样，适应并热爱这里的一切，饮食、天气、水土、大自然。

驶过连绵不绝的群山、沙漠和戈壁，为不使视觉疲劳，女侠们在车上畅谈人生，想想过去的二十四年里，我们何曾像这样畅谈过人生？

最美是那刻在风景线上的坚强

趁夜幕降临前，爬上鸣沙山顶。鸣沙山，海拔虽只有1600多米，不高，但柔软松散的沙体形成很大的阻力，每向上迈一步，都会觉得气喘难受。但我们不求快，缓慢平静地，一步一步慢慢爬。相互鼓励，一起坚持了下来。当回望山下，感觉月牙泉就在脚底触脚及水，当仰望天空时，感觉初升的月亮就在山顶上伸手可摘，那一刻我觉得我们是那样的伟大！

我想此生至此亲身体验过近50摄氏度的地表温度便是在位于甘肃省酒泉市敦煌的雅丹魔鬼城。那天超出常人忍耐的高温使半数团友决定还是保存体力、以最好的状态继续第二天的行程而放弃。我们，这几个天不怕地不怕的南方女子仍坚持前行。

走在魔鬼城的沙石地上，迎着午后火辣辣的太阳，风卷砂石如热浪般扑面而来，全身仍感觉到灼热难忍。看到同行车上一位男士的运动鞋底被晒裂，我们愕然。既叹此生此景何时有，又何其惧也！

曾于此前见过夕阳醉染下的魔鬼城，是多么地令人神驰向往。此刻，身临盛夏午后的魔鬼城，震撼人心的鬼斧神工，光怪陆离的风蚀地貌，摄人心扉的苍茫大漠，在强烈的紫外线照射下、在50摄氏度高温下，在眼前摇曳飘悠如海市蜃楼。烈日下的魔鬼城，有我们这些热情似火的女子，少了诡异些许，多了热烈几分。

让强烈的爱国主义寄情于山水之间

只有身处在祖国壮美的山河，只有步量过祖国辽阔的疆土，才会知道祖国有多么的伟大，才会知道自己有多么热爱祖国，才会知道自己有多么为祖国而自豪。

车驶过千里柴达木盆地时，一望无际的天然草原、高原明镜般的众多湖泊、神秘空旷的无人区、遍布盆地的各种矿山、时而出现在镜头前的珍稀野生动物，还有盆地里生生不息的高原人和他们所建造的美丽的高原小镇，不愧为聚宝盆！而柴达木盆地只是祖国四大盆地中的其中一个！

穿行在丹霞地貌的色彩和线条奇幻中，感受太阳光下由砾岩和砂岩构成的丹霞山峦的绚烂绮丽，惊叹大自然把最美的色彩给予了七彩丹霞，庆幸游侠客把我们带到了最美的丹霞。而我，搜肠刮肚却也找不到最美的词语来赞美它，心中唯有最深沉的爱：我爱你，祖国！

自古便有“河西走廊第一隘”“中外钜防”之誉的嘉峪关，以其“冈峦重叠戴雄关，关势峥嵘霄汉间”之豪壮气势，巍然屹立在戈壁沙漠纵横的嘉峪山上，是明代万里长城西端起点，是明代长城沿线建造规模最为壮观、保存程度最为完好的一座古代军事城堡，是明朝及其后期各代、长城沿线的重要军事要塞，也是古丝绸之路的重要关卡，素与“天下第一关”的山海关遥相呼应，被誉为“天下第一雄关”。伫立雄关下，油生爱国情！

此行最让人心潮澎湃并最令人扼腕叹息的莫过于敦煌莫高窟。为敦煌莫高窟的千年绚丽石窟、壁画的骄傲深刻到了骨子里头！也为祖国的瑰宝在历史的特殊时期大量被盗并至今还被悍然展放在异国而深感痛心遗憾！

因为千年莫高窟，敦煌——已不仅是中国的敦煌，而是世界的敦煌。赞叹大自然的钟灵毓秀！

任永驻心中的浪漫遍撒千里大漠万里草原

近 12 小时行驶在 2500 公里无垠的大漠戈壁公路上，只为到达传说中的情侣湖，一睹其芳容。已近暮色，顾不上长途跋涉的劳累，顾不上成千上万的沙漠蚊子的纠缠叮咬，只为看一眼那为爱殉情化作湖泊的托素湖和克鲁克湖，只为实地感受两湖千年相望相守的凄美。我愿意相信湖周围那汹涌叮咬走近湖边的来客的蚊子，就是守护情侣湖的卫士。即便到了第二天，我满手起了密密麻麻的叮咬过的红印，我也不曾后悔去探访过情侣湖。

自从耳熟能详王洛宾的那首《在那遥远的地方》，我便一直想亲临那遥远的地方。来到了那遥远的地方，我便想亲临当年拍摄《在那遥远的地方》的实地、亲眼看看藏族姑娘卓玛和王洛宾骑马扬鞭飞驰过的那片金色草原。可惜我那浪漫美好的愿望不在旅程安排之内，我唯有紧贴车窗，在车驶过金草原的时候，用眼用心去看着那片在太阳下闪闪发光、草长莺飞的金色草原。体贴的导游在车驶过金草原的时候放了那首清澈纯美的情歌《在那遥远的地方》。

敕勒川，阴山下，天似穹庐，笼盖四野。天苍苍，野茫茫，风吹草低见牛羊。儿时长大的地方，我最熟悉的生活场景，在我离开西北三十年后重现我的眼帘。也只有在西北，才能再看到那样无瑕的蓝天白云，才能看到那样连绵不绝的青青草场，才能看到那一群群像是镶嵌在草地上的牛马羊。再一次，我多么想念我那遥远的童年。

只有到了鸣沙山顶，才知道刚才蜿蜒爬行的艰难是多么的值得。我们齐膝坐在山顶上，抬头仰望，夜空月朗星稀；齐目远眺，月牙泉边灯光璀璨，层沙万壑在月光和灯光的照射下美如沙画，而它们却是真真切切的沙山。在柔美的夜色中，我们叙谈甚欢，谈二十四年前同窗共读的往事，谈美好的人生，谈我们此后诸年再将畅游祖国壮美河山。

谁能想到古今中外著名的玉门关竟会是大漠中的一堵孤墙？我却没有他人初见玉门关时的失望和遗憾。虽然确实和我想象的玉门关截然不同，虽然它不过是大漠里一堵土围墙，但我依旧觉得它很美。美的是它历经朝代更替、雨雪烽火仍屹立大漠千年不倒，美的是它里外上下蕴含的厚重的历史沧桑——因为它来自两千多年前的西汉，因为它见证两千多年

的人类历史与文明、战争与和平。古今对玉门关最凄美的描述莫过于王之涣的《凉州词》：黄河远上白云间，一片孤城万仞山。羌笛何须怨杨柳，春风不度玉门关。

走近“天空之镜”——茶卡盐湖，仿佛走进了神话故事里。茶卡盐湖，是柴达木盆地里四大盐湖之一，海拔3000米，是典型的高原盐湖，远处望去白茫茫一片，就是这里储藏丰富的盐。据说，整个茶卡盐湖的盐足够全国15亿人民吃近100年。在蓝天白云和远山的映衬下，茶卡盐湖形成银波粼粼、如诗如画的镜面效果。

为了能拍到水面上的倒影，我们排成排耐心等待游客来回走过，耐心等待人行后水面静止。我们，在等待最美的风景；我们，连同水面上的倒影，也成了别人镜头里的风景。

无时不在的团队精神

我向来注重团队精神。在我眼中，出行，两人必成团队。我们，已然是 6 人的中型团队。我们虽 24 年前同窗 3 年后，各奔东西，生活在不同的城市，有各自不同的生活习惯。但这次的 12 天相伴相行，大家团结互助、相互包容，相互体谅。从旅程的第一天，我们 6 人便随意进行了团队分工：值得赞扬的是旅程的全部前期工作都是老伟独自担当完成，班长母女俩负责摄影，学霸负责记账，小孩子负责全程搜寻最佳拍摄点并试镜，女神负责管钱和后勤。分工合作，是我们旅程愉快的有力保证。一路来，我们就像一家人，同吃共寝，同行共游，有困难一起面对，有问题一起商量，团队精神之美之力量如西北壮美之河山。

边游边学，学习和了解西北的历史文化。

坐在柔软的草地上，任午后的阳光洒在脸上，听漫山羊儿咩咩欢叫。我们就这样紧紧挨着，久久不舍离开……

青春如昙花，岁月如流沙——致我们已逝的青春并致我们绚丽的未来。

草原上的芭蕾。

在最美的年华、醉美的季节相约青海湖。看湖水水光潋滟，看可爱的人美如夏花。

我们，还是我们的大团队——游侠客传奇西北行的一分子。这个38人的大团队的成员，来自北京、河北、南京、杭州、福建、广东。西北的大自然和热情的西北人见证了我们的豪迈、团结、互助、友善。

我们那可爱的、彪悍如西北汉子的、长得有点着急的90后导游——蓝宝。

青海湖畔，庄重祭湖。

文明出行，于山水中尽显公民素养

文明出行，从我们做起。我们这群快乐的行者，所到之处，予友善之心，行文明之举，尽礼仪之道，为热情豪爽的西北人留下了美好的印象

结束语

此次游侠客旅程共12天，其中参加游侠客团游9天，我们6人自由行3天，共穿越青海、甘肃两省，总行程3300多公里，穿越千里戈壁大漠，横穿柴达木盆地，近赏千年风蚀地貌丹霞、雅丹，行经高原盐湖、湿地、草场，近距离参观人文景观、品尝西北美食、学习历史文化、了解当地民风民俗，坚固了友谊，强健了体魄，磨炼了意志，陶冶了情操，净化了心灵。

写到这，我想哭，因为太美好：祖国太美好，旅程太美好，情谊太美好，人生太美好，旅程仿如人生，亦笑亦泪，且歌且行。我们的传奇西北行，注定是个传奇。

当年的（据说是）女神——我，
依旧爱臭美、好卖弄文采。

/拿什么来赞美你，圣保罗/

∮ ∮ ∮

盛夏畅游西北的余兴未尽，西北大漠戈壁和猛烈阳光的余辉未散，桂香8月，绕地球飞大半圈，我已人在南半球的圣保罗。此行与同事露西公差，在圣保罗逗留10天。

圣保罗，是巴西乃至南美洲最大的城市及工业、金融、商业、文化和交通中心。圣保罗不是旅游城市，相对其他以自然景观闻名的如里约热内卢、伊瓜苏、玛瑙斯等城市，圣保罗则以人文景观而著称。

我不得不为自己长期炼就的强健的身体素质喝彩！飞行25小时，竟然不用调时差。到达圣保罗的第二天不用工作，全天游玩。我们在领队的带领下，高效地游玩了圣保罗市区的最主要的景点。真可谓，来不及纵览圣保罗的全貌，便向其腹地直奔而去。

来到了“足球王国”，我们的首站当然是直奔设在帕坎布体育场内的圣保罗州立足球博物馆。该博物馆占地面积6900平方米，共17个展厅，是巴西最大的足球博物馆。未进馆，博物馆的独特外观设计、馆顶尖塔上高高飘扬的巴西国旗就已让我们感受到巴西人对其祖国对足球的热爱。

博物馆以图片、书籍、实物、录像、投影等形式保存和记录巴西的足球发展历史。其中，各展厅使用的最新的投影科技追溯巴西的足球历史和重要性，尤其引人注目。

足球，是巴西人民文化不可或缺的一部分。在巴西，人们可以什么也没有，但不能没有足球。甚至有人笑称，在巴西，如果你不懂足球，就当不上总统。巴西前任总统卢拉从小就痴迷足球，是一名不折不扣的科林蒂安球迷，也曾任科林蒂安球队名誉教练。现任总统罗塞夫致力于足球改革并誓言要重振巴西足球。

巴西人对足球的感情已经不能用“喜欢”和“爱好”来说明，而只能用“痴迷”和“狂热”。

巴西人也无愧于全民痴迷和狂热的足球，因为巴西是世界上迄今为止唯一一个5次赢得世界杯冠军的国家，分别在1958年、1962年、1970年、1994年和2002年，并且巴西从未缺席过任何一次世界杯的决赛阶段的比赛。

我这个足球盲，也深受巴西人对足球热爱的感染，专注地看着展览。

群大学生看完展览后，围成一圈，热烈地讨论着他们热爱的足球。

体验过巴西人的足球激情后，我们徜徉在由原始印第安人村落演变成的伊比拉普埃拉公园，也称圣保罗中央公园。这里是国际大都市圣保罗密密麻麻的摩天大楼包围下的里的一片宁静净土，是圣保罗人在闹中取静的好去处。这里，是世界最著名的大公园之一。

在公园湖畔看对岸错落有致的高楼在热带冬日阳光的照射下投在湖面上清晰的倒影，明媚恬静。

悠闲的巴西人铺块布坐在草地上，沐浴着阳光，聊着天，吃着自带的食物，就这样伴着湖光坐一天、聊一天。

湖水看上去是黑色的，实际上却很干净。白天鹅、黑天鹅结对游弋在湖面，天鹅悠扬的叫声激荡在波光粼粼的湖面上。

巴西的原住民为印第安人。从16世纪初到19世纪中叶，巴西长期被葡萄牙殖民统治并受荷兰短期统治。在那个殖民地时代，有大批来自世界各地的探险者深入到巴西大陆探险，并世代在此繁衍生息，和当地的土著人一起耕耘建设着巴西，构筑了包括圣保罗市在内的多个城市的雏形。为了纪念这些来自不同国家和不同种族的探险者及开拓者对巴西历史发展做出的贡献，巴西人建造了与伊比拉普埃拉公园临街相望的班黛拉斯纪念像，又称“拓荒者群雕”，生动塑造了拓荒者在艰难时期坚毅的品格和不屈不挠的精神。

群雕由花岗岩雕刻而成，建立在三层的花岗岩底座上。这座群雕，是巴西没有种族歧视的标志。没有种族歧视，也是我们在巴西这些天里的至深感受。在圣保罗，除了土生土长的巴西人和葡萄牙人后裔，还常见到来自中东各国的人们和亚洲人久居于此，在这座群雕里的着长袍蒙面纱的中东人和坚毅不拔的亚洲人便告诉了你为什么。中国人，在开发、建设巴西中堪称勤劳、机智、勇敢的典范，过去是，现在也是。

与中华民族五千多年的灿烂文明历史、北京故宫的恢宏相比，始建于19世纪末的巴西皇宫可谓是相形见绌。其实我这样说也不对，不同的历史时代背景下的建筑不应该具有可比性。

巴西皇宫的特别之处在于，皇宫是巴西历史上君主制的第一位皇帝——葡萄牙人佩德罗一世建造。但是，极具讽刺的是，从皇宫建造到最后被军队推翻，佩德罗始终没能住进这个金碧辉煌的宫殿。此名义上的皇宫从始建至今一直是国立博物馆，馆藏大量19世纪到20世纪巴西历史文物包括原在民的各种用具。可惜，因皇宫装修，我们未能入内参观。

虽然一直作为博物馆在使用，但巴西人乃至外地游客仍愿称呼其为皇宫。

是不是觉得皇宫外围的花园似曾相见？对，花园是仿造巴黎凡尔赛宫的花园而修建。典型的巴洛克式皇宫配巴洛克式宫廷花园，气派非凡。

佩罗德国王从建立帝制并宣布独立后都未能住进专为他建造的皇宫，在他仙逝后，巴西人民把他和皇后永远安葬在为纪念佩罗德国王宣布巴西独立100周年而建造的独立纪念碑碑底的墓室里。纪念碑正面碑底是一幅大型青铜浮雕，再现佩罗德一世宣布巴西独立时的情形，两旁的两座雕像为两位向葡萄牙议会提交巴西申请独立提案的议员。高耸入云的碑顶是佩罗德一世向里约热内卢进军的形象。纪念碑前的圣火终年不息，与纪念碑正面竖立的迎风飘扬的巴西国旗遥相呼应。浅显读了一些巴西历史的我，站在独立广场中央，闭目凝神，感受到佩罗德国王那句为独立而呼喊的名言“不独立，毋宁死！”还慷慨激昂地回荡在广场上空。

秉承我一直以来的习惯，公差期间抓紧一切空闲时间自由行。清晨，比别人先行一步，自行外出也是我多年来的习惯。天还没亮，赶在7点时和露西一起去吃早餐前，我便走出酒店，迎着第一缕晨曦，去领略圣保罗的清晨。

这里的清晨跟我们在国内每天的清晨差别不大。晨曦中，总有人脚步匆忙，像我这样在夜色未尽就开始旅程的人并不多见。巴西人的热情在晨曦里就开始绽放。很明显看出我来自异国，几乎所有迎面而过的巴西人都会主动和我点头微笑。

远处哥特式建筑的小尖塔在晨曦中若隐若现。

一位男士在就要与我擦肩而过时突然停下，微笑着跟我说了一串葡语。仅会一些浅显葡语的我从他的发音中猜测他是想帮我照相，便把手机递给他，然后站在他示意的位置。照完后，男士把手机递给我示意我看看，果真，这是个绝佳的摄影背景，我不禁对他说了句“Obligada”。男士见我很满意，便笑着离开。嗯，有点小温馨的清晨。

公差最后一天，忙完工作，我们坐上的士随意游玩。司机是位帅哥，酷酷地朝我们笑笑，招呼我们上车。帅哥不懂英语，就通过手机里的翻译软件和我们进行手机葡-英对话。看来帅哥经常接待外国游客，颇有经验。

按照我们的要求，车开到了拉美纪念馆。帅哥“让手机”“告诉”我们，如果我们还要去别的地方，先不急付钱，他在这里等我们。嘿，好体贴的暖男。于是，我和露西带着无后顾之忧的轻松走进拉美纪念馆广场。

拉美纪念馆是一组由图书馆、博物馆和剧院组成的建筑群体，建筑之间由漂亮的弧形路桥连接。

中央广场矗立着的那只巨大的手形雕塑，是整个建筑群体的中心地标。这只主要由混凝土浇灌而成的巨大手掌五指朝天伸展，高高矗立在空旷的广场中央，看上去非常有力量。灰色的手掌中央镌刻着鲜红的美洲地图，那铭心镂骨的鲜红代表拉美人民独立和民族解放史，也寓意着拉美人民团结的伟大力量。

了解和学习历史，总难免心中沉重。从拉美纪念馆出来，回到帅哥等我们的地方，却发现帅哥连人带车都不在原地。我们在停车场的前后左右绕了一圈，都没发现帅哥那辆白色的的士。我们心里想着，可能是去吃饭或去洗手间了吧，于是，我们决定，不管怎样，在原地等等。约莫十几分钟后，帅哥开车出现在前方不远的路口，等车开到我们跟前时，帅哥冲我们俏皮地笑笑。帅哥没解释他“消失”的原因，我们也没问，只是默契地继续接下来的行程。在路上，我和露西在讨论：这帅哥真行，我们还没付钱，他倒先溜了，也不怕我们溜了。说到此，我觉得我们还是以一个中国人的眼光和思想在讨论这个问题。都说巴西治安很糟糕，当地人的自我保护意识很强，路不拾遗根本与巴西扯不上。但是在巴西，我们却遇到了一位圣保罗“活雷锋”。

每去一个城市，我总喜欢去拜访这个城市最著名的大学。在圣保罗，去巴西最大的综合性大学和巴西最主要的科技研究中心——国立圣保罗大学看看，也是计划之内。

不知道帅哥环绕校道开了多久，只知道圣保罗大学地很广、道很直、树很密、草地很广阔。这是个国际性的大学，随处都可见各种肤色的学生。校道旁的青铜雕塑也令人难忘。

校道两旁排列整齐的一种叫 JacarandaCaroba 的珍稀木本花卉——蓝花楹树，枝干纤秀弯曲，姿态妩媚端庄，枝桠优雅地向校道内伸展，漫步其中，如步入仙境。

蓝花楹树生长于亚热带湿润型气候，每年夏、秋各开一次花，顾名思义，花为蓝色。可以想象花开时校道两旁望不尽的蓝色小花在优雅的枝椏上竞相开放，如一大块蓝色的染布铺满校道的上空。可惜，我们此去正值南半球的冬季，未能赶上蓝花怒放的胜景。可是，我们此时所欣赏到的蓝花楹树也别有一番景致在冬日。

慕名赶到巴西历史上最早的建制完整的学校 Petro do Colegio，发现它已是历史流沙中的一处遗址。这所以巴西开国皇帝佩德罗一世命名的学校，典型的葡式建筑，像一位历经风霜的老者，矗立在城市中央，静看城市的繁华。

漫步圣保罗街头。

值得一提的是参观圣保罗主教堂的经历。从抵达圣保罗的当天起，即便我们被领队不停地告知：千万不要去圣保罗主教堂游览和逗留，因为那里的治安极其险恶，是圣保罗犯罪率高发地，但我还是老缠着领队让他想办法尽量带我去看看主教堂。领队出于安全考虑，坚决拒绝了我的要求。好吧，不去就不去吧，心很不甘，虽然此行能去近看世界第五大哥特式教堂也在我们的计划之内。

做出一定要去看看主教堂的决定就在一刹那。看了巴西历史上最早的学校，帅哥开车经过主教堂，就在主教堂那哥特式标志性的刺破长空的尖塔就要被抛在的士前行的转弯处时，我突然示意帅哥停车。在帅哥和露西还在目瞪口呆、不知所措时，我已下车，坚定地往主教堂正面的方向走去，感觉像是一定要去看望一个素未谋面的故交。不管怎样，我不想因为来到圣保罗而没能去看看位列世界第五大哥特式教堂的圣保罗主教堂而后悔。

沿主教堂侧面一直往前走去，开始感觉到此地真的和别的地方不一样。三三两两的流浪者慵懒地斜靠在教堂外的石壁上，不时向路人搭讪，有的横躺在台阶上，向行人怪笑，有几个流浪孩子在追逐路人，教堂左侧的马路上停着两辆警车，不知发生了什么事。我开始有点小紧张，双手紧紧握着手机，贴在腹部。随即，自我舒缓了一下，放松了心情，既来之，则安之，往主教堂正前方走去。我庄重地仰望着主教堂，小心地拍了几张照片，不敢逗留太久，便往回走。路上，看见几个打扮妖艳的老妓女在招客，其中的一位看见了我，双手向我伸过来，嘴里不时地在嘟哝着什么。我不敢跑，怕招惹更多人的注意，但下意识地加快了脚步，努力镇定地往来时的路边走去。终于回到原地，却不见了帅哥和露西。我大惊失色，站在路边，不知如何是好。这时，马路对面传来一阵紧促的鸣笛声，天哪，他们在那儿！见到他们的那一刻，我惊喜万分，觉得好像时间过了很久很久。后来才得知，我刚才走过的那一片地方刚发生了抢劫案，警方正在封路调查。于是帅哥开车离开了原地，在外围兜了一大圈、估计我差不多快往回走的时候才回来，帅哥向我伸出了大拇指，露西仍是一副惊魂未定的神情，好像刚才去了一趟主教堂的是她而不是我。

回国后的一个月，我在电视上看到了这样一则新闻：圣保罗主教堂前发生一起因抢劫而引发的枪杀案。6 名长期“居住”在教堂外的流浪汉为阻止一个持枪抢劫者，合力与抢劫者搏斗。最后，不幸的是，其中一个流浪汉中枪，缓缓倒在神圣的教堂门口。悲悯之心不禁油然而生。

看着我拍的主教堂的照片，露西表情复杂地看着我说:“这真是用生命拍来的照片啊！”在得知我竟去游览了主教堂而且毫发未伤，领队愕然，半天说不出话来，估计他从未见过像我这般执拗、勇猛的女游客。

和所有哥特式建筑一样，圣保罗主教堂也以其卓越的建筑技艺表现了神秘、哀婉、崇高的强烈感情。为了仰望这样杰出的著名建筑，我对所路遇的一切，都不曾后悔。

结束一天的高效游程，恰好到点赶飞机回国。帅哥和我们微笑挥手告别。当然，帅哥信守承诺，把我们安全送达集合地才让我们付款。

压轴的总在最后。我把对圣保罗最深的印象放在此文最后——圣保罗街头铺天盖地的涂鸦。在巴西，为美化城市环境和增添城市的艺术气息，政府支持当地画者在规定的建筑物外墙上涂鸦。我们所经过所看到的涂鸦均色彩鲜亮、边幅较大、形象逼真、表现夸张，是城市里一道独特的艺术风景线，实在是百看不厌，看后难忘。

从巴西回来，我便喜欢上了《在路旁》这首惯于流浪和户外歌舞民族诗意吟唱的巴西著名民谣。我想，这首歌曲最能体现巴西人的精神：开朗、乐观、轻松、慵懒，还有一丝飘逸的忧伤。

在旋律轻快、歌词优美、充满诗意和典型的巴西情调——“索达代”（一种难以言明的孤独、忧愁和怀乡情调）中，总让我想起巴西，想起圣保罗，想起路上巴西人真诚无邪的微笑，想起那群在路旁食不果腹仍激情万丈地地谈论足球的流浪汉，想起随处可见的手拉手恩爱的夫妇，年轻的，中年的，老年的，想起那位“活雷锋”巴西帅哥……

拿什么来赞美你，圣保罗？倾听《在路旁》吧。

/岭南有名园，绝世而独立/

∮ ∮ ∮

其素若何，春梅绽雪；其洁若何，秋菊被霜；其静若何，松生空谷；其艳若何，霞映澄塘；其文若何，龙游曲沼。这，是《红楼梦》中的《警幻仙子赋》对警幻仙子的神情气韵的描写，也是我所能想得到的赞美今年夏秋我游历过的岭南四大名园的最美的辞藻。

顺德的清晖园、佛山的梁园、东莞的可园、番禺的余荫山房，在清代时就被誉为“广东四大名园”，亦称“岭南四大名园”，并享誉至今，是岭南园林的杰出代表，与江南园林和北方园林遥相呼应，堪称中华历史园林之瑰宝。名园始为私家园林，或为达官显贵或为文人雅士，回乡建园，修德功名，光宗耀祖，福泽乡里，后由园之后代或赠或捐与国家所有。园林无不构园精巧，布局紧凑，主次分明，结构清晰，集亭台楼榭于山水之间，既有异曲同工之妙，又风光景致各不同，既具岭南园林的特性，又兼具岭南建筑与他地主要是江南园林的共性，集明清文化、岭南古园林建筑、江南园林艺术价值、珠江三角洲水乡特色于一体，具有极高的建筑艺术，散发着中国传统文化的精神、气质、神韵。四大名园内都设藏馆，珍藏着体现园林历史变迁的珍贵文物，具有很高的历史价值。

游逸在名园，恨自己不是建筑和园林设计专家，不能以一个建筑美学家的眼光和专业角度去深解园林的构筑之美。然而，我愿以一颗爱美、体验美的心灵和一双发现、欣赏美的眼睛，并愿以文学的笔韵来展示名园之美。

水色山光皆画本，花香鸟语总诗情——清晖园

始建于明末，后建于清嘉靖，位于顺德大良镇清辉路上的清晖园取义“清晖”，意为和煦普照之日光，喻父母之恩德。这种建园的意涵，无不体现于园中厅堂亭阁。正因如此，在游览整个园林的过程中，始终感知大气福瑞尽显园内里外上下。

整个园林前疏后密，前低后高，你竟发现不了有哪寸土地是多余的，如此紧凑的布局和超实用性，不得不佩服古人的高超设计。

这一池莲塘并非普通，在华南酷热的夏季，莲池就是整园的调温剂。站在观莲台，池面开阔，花开清香悠远，莲塘深池四壁，对岸景致一览无余，而四周避以高树廊亭，清凉沁肺。一塘抵一海，这片天然调温的莲池自古便是避暑胜地。钦佩古人在建园时的设计周全，融合地理、气候、实用、美观于一体。

有别于北方和江南园林的色彩稍显单调的窗棂，岭南园林的窗门大胆采用镶彩的玻璃，让眼前一亮，令满室生辉。

早秋惊落叶，飘零似客心。

花径、竹苑，是岭南园林的主角。踏一路落红花香，拨一帘竹逸袅娜，向园林深处走去。

青砖砌的窗，竹叶垂的帘。你在窗外看风景，你竟也成了别人镜头里的风景。

午后一场急雨，寻廊避雨却恰遇当地粤剧发烧友在弹唱。我不懂粤剧，但仍听得出曲名是《帝女花》。这位俊秀的年轻女孩在一群长辈的伴奏下，唱腔圆正、音律悠扬，俨然一副旦角的唱样。

雨后的清晖园，于古朴雅致中又多了一丝清丽。

这些青砖灰墙、绿树白花的遗迹，无不见证清晖园园主龙氏几代人及其宾朋的风雅

极具岭南特色的古墙青砖、彩雕，葱茏满目，亦真亦假，画中诗，诗中意，堪称园内艺术瑰宝。

你是否看到了江南园林的影子？岭南园林和江南园林的艺术特色在此完美融合。

雄、奇、险、幽、秀、旷，你能在清晖园找到中国古典园林的所有特点。

那一泓碧深的池水，悠然从古流到今，那尾尾欢快的鱼儿，欣然在游动历史。

花能解语还多事，石不能言最可人——可园

始建于清道光年间的可园，位于东莞市万江镇塘厦村。园如其名，可园，取义于古人“可羡人间福地，园夸天上仙宫”之赞誉。可园的亭台楼阁厅桥池多以“可”字命名，如可楼、可轩、可堂、可洲等。

一如岭南园林园门的构筑特点，青砖墙，墨灰飞檐，不大的入口，门匾，楹联，门前花卉绿植，小巧精致，沉雄古逸。

站在可园最高的可楼俯瞰可园，初领其“咫尺山林”的建园手法。可园虽面积小，但设计精巧，把住宅、客厅、别墅、庭院、花圃、书斋，艺术地糅合在一起，亭台楼阁，山水桥榭，厅堂轩院，一并俱全，真可谓“可堪游赏”。

远看似碉，近观是楼，这座是碉又是楼的建筑，就是可园里最高的可楼。站在可楼远眺，院内景致及远处一览无余。这种碉楼的形式在岭南园林中实则也不多见，说明晚清园林形式的开放性，同时，你是否感觉到了与普通百姓有一定距离的园林掺杂了一点世俗的意味？

可园创建人张敬修集文人、武将、雅士于一身。其金石书画、琴棋诗赋，样样精通。作为文人雅士的聚集地，可园成为广东近代的文化策源地之一也是必然。诗心、词境、书味、画意、乐情、琴韵、茶趣寓意一楼、一池、一院、一花、一木、一石间。

摆设清新文雅，占水栽花，极富南方特色，是广东园林的珍品。

恰遇一群 cosplay 发烧友在园中演绎古装剧。我在彩雕的门页里看到了那位汉代皇帝的扮演者，正君临桥上，俯视群臣。

可园内所有建筑的主体采用这种水磨砖建造。时光流逝百余年，水磨砖仍坚固依旧，散发着清灰的光芒。

在水对面的亭榭，凝望这间青砖小屋的屋顶上铺满的青苔，想年代久远，楼台依旧，那一地老绿的青苔，述尽历史的幽然。

倚栏远眺，望园中景致这般可人，想岁月沧海那样悠远。

那位文韬武略的园主张敬修，把八卦精髓融入园林风格，曲折回旋又路径相通，使可园平添一丝神秘色彩。

开门见山，推窗赏花，石山，雕花，整体融于水墨青砖墙上，堪称一绝。

布局高低错落，处处相通，曲折回环，扑朔迷离。基调是空处有景，疏处不虚，小中见大，密而不逼，静中有趣，幽而有芳。

我静静地站在鹅的后面，看它们时而静立、时而展翅、时而游弋，感受它们畅享古园之惬意；鱼儿悄悄地游在我的面前，看我时而微笑、时而言语、时而沉思，猜我可羡园林之美意。

穿行在莳花雅树间，感受这私家园林所体现出来的山林禅心。

质傲清霜色，香含秋露华——梁园旗袍秀

柳枝摇曳，爱园爱美，清心可鉴。

隐立闹市几百年的古园林——佛山梁园，在秋风乍起的2015年11月1日，迎来这样的一群女子：

她们爱美爱园林爱旗袍，她们要在梁园演绎一场绝美的旗袍秀。

她们崇尚优良的传统文化。端坐梁园曾经的私塾，感受那时女子学习诗书礼仪的场景。

折茎犹可佩，入室自成芳。街霜当路发，映雪拟寒开。秀色空绝世，馨香为谁传？质傲清霜色，香含秋露华。她们是园林里的一幅画，她们是秋天里的一首诗。

林下风致，花前婉丽，临桥挽纱，秋波微转。

一袭旗袍，染就满园芳华。两袖水月，忆起绝世风雅。

闺阁淑媛，淑逸闲华，顾盼神飞，撩人心怀。

轻罗小扇白兰花，纤腰玉带舞天纱。疑是仙女下凡来，回眸一笑胜星华。

聚梁园，初相见，朱粉不深匀，闲花淡淡香。

蒹葭苍苍，白露为霜。所谓伊人，在水一方。溯洄从之，道阻且长。溯游从之，宛在水中央。蒹葭萋萋，白露未晞。所谓伊人，在水之湄。溯洄从之，道阻且跻。溯游从之，宛在水中坻。蒹葭采采，白露未已。所谓伊人，在水之涘。溯洄从之，道阻且右。溯游从之，宛在水中沚。

梁园有佳人，
幽居在深院。

宅门外那似曾熟悉的面孔，是哪大户人家的少奶奶，或是远嫁外乡的女子回娘家探亲，面带难以掩饰的娇羞？

园中有女，娉娉袅袅，惠心纨质，淑丽韶好。古代版的邻家女孩。

秋兰南窗前，清香静中发。

时光恍若倒回民国。那位容貌姣好、身型颀长，体态优雅的国文老师婉立在教室外。

樱花只开一次，真爱只有一次。如果只是寂寞，请不要爱我。——《花样年华》

谁谓今日非昔日，端知城市有山林。梁园。

余地三弓红雨足，荫天一角绿云深——余荫山房

一直在等待一个下雨天，想伴着雨声淅沥行走在余荫山房的亭桥楼台，想体验雨中游名园的不一样的感觉。可是，始终未能等到这场雨。于是，又是在一个明艳的星期日，再游余荫山房。

位于番禺南村镇的余荫山房，同样建造于明清园林建造鼎盛期，距今约一百五十年历史，是岭南四大园林中保存原貌最好的园林。

回廊廊顶房梁上那古典的亮蓝、亮绿、亮黄色彩让人陶醉。

在这样一个阳光明媚的秋日午后，静坐在蜿蜒曲折的黑漆木楼台阶上，几缕阳光洒照在厚重的砖墙木楼上，顺便也照在我一样明媚的脸上。

摸不够的青砖墙，走不厌的深院巷。

飞檐高墙下，青砖深巷里，轻柔和煦下，我欲在时光飞梭中盈盈起舞。

还有什么能比沉醉在历史文化古迹里更觉动人？

最是那一凝眸的深情，最是那一池绿的深幽。

钟爱古诗词、古韵律的我，不禁轻坐古琴旁，弹一曲《云水禅心》，陶醉了自己，悦目了他人。

畫橋多
香芳徑滿

我那童真的孩儿，总愿随我一道历游古园、解读历史，稚趣童心一路灿烂着古朴的园林。

你是否也猜到了这花桥、古墙、假山、草木应与女性有关？对了，近古私家园林在建造时都会为家中女眷特别设计和构建那时女性宜居的场所，如女眷楼、小姐楼等。这，是“一门三举人，父子同登科”的园主邬氏专为家中女眷而建的瑜园一瞥，是清代仕女生活场所的缩影。

苑中小憩。坐在八角青瓷凳上，沐浴秋阳落日前的余暖。

“藏而不露”“小中见大”的造园手法，在余荫山房的每一个角落都体现得完美无瑕。

在叠石假山上俯瞰园景。

结束语：都说“五岳归来不看山，九寨归来不看水”，而我想说“名园归来不观园”。改编西汉乐师李延年的歌赋来总结我所游历过的岭南四大名园：岭南有名园，绝世而独立。一顾倾人城，再顾倾人国。宁不知倾人与倾城，名园难再得。

循着先人的足迹，一路向北

∮ ∮ ∮

自少年从外乡回到祖籍连州，连州于我，是陌生的。而我又在最美好的青春年华离开已经熟悉的连州。如此，我算不上是土生土长的连州人，或者说，是个在外乡出生和长大的连州人。骨子里头，我确实没有生于斯长于斯的那种融于山水的厚重乡情，但内心深处又有着难以割舍的情感。

于是，自从外乡来到父辈世代生活的家乡，我对连州的一景一物并没有过多的关注。离开了家乡，家乡便成了故乡。人到中年，日渐惜情恋家，随着阅历的增长和情感的变迁，每回连州，总会想着挤时间去寻找那些在我的青少年时代时不被提起过的连州的古迹。

自从离开家乡后，我便从未像今年这样如此频密地回家，不是因为我思乡之切，而是看望我病重的父亲，只是每次都匆匆来回，家乡的景致总是在我匆匆的步伐里一晃而过。

在当下全民寻游古村落的时代，作为自古便是粤北名城的连州，有着众多遍布山野的古村落，又怎么会没有先人的足迹？初秋，我今年第十五次回家乡，在探访亲人的间隙，循着先人的足迹，寻找那些近在自己家乡久闻大名而我却从未踏足过的古村落。与我同行的弟弟因工作需要而经常下乡，对家乡的每一个村庄每一座山岭都了如指掌，自然便成了我的最佳向导和解说。

令人心疼的元壁古村

多年前，曾听我的一位来自元壁村的李姓朋友低调地说起过自己的村庄的与众不同：历史悠久，村里有大量的古屋和古迹。那时就想着，能有机会去看看该多好。

见到元壁古村，是在我离开家乡十九年后，距离我从李姓朋友得知元壁村的与众不同隔了二十三年。可是，终于看见了传说中的元壁古村的真容，却让我心疼。

从市区往西北方向，车驶过龙坪镇弯弯曲曲的环山公路，感觉似乎到了山的尽头。元壁古村，便坐落在那山的尽头。很难想象，在交通还不发达的我的学生时代，我的同龄的李姓朋友如何往返于山的尽头和城里的学校之间？不禁然对他走出深山、勤奋苦读，如今功成名就而感自豪。

元壁古村，始建于北宋时期，名寓吉祥富贵。村里现存的古建筑大多数是明、清时代重建的，或夹杂在现代农村建筑之间或遗落在村子里的各个零落旮旯。现在住在元壁古村里的多是李氏族人，是北宋刑部尚书李廷珙的后裔，不知我的那位李姓朋友是否对作为北宋朝廷命官的后裔而感荣光？李廷珙因对北宋平定镇守在岭南的南汉军队、统一岭南做出了巨大贡献，而被宋太祖赵匡胤封为刑部尚书，并赐其家乡即元壁村为“奉化乡”。《宋史》和《连州志》均有记载李廷珙的功绩。深山里的元壁村，就是一部活生生的历史。可以想见，那时朝廷命官在乡里修建祖屋，福泽乡里，气派非凡。

走在古村落的雨里，感觉雨水的味道和青砖黛瓦一样古旧。走到据说是李延珙故居的门口，天竟突然放晴，蓝天下，这一派古色多了几丝轻快和明朗。

元壁村三面环山。一条从村后岩洞中流出的小溪穿村而过，村民自古就倚溪水而生。旧时村里只有这口青石雕花水井，后村各处都引溪打井。古井便成了文物，静观村里世代变迁。

曾扬名当时山林乡野的李氏祠堂，如今虽已砖墙斑驳，但李家在族群中的尊贵威望已镌刻在了砖心里。

贵为朝廷命官的李廷珙是个大孝子，专为母亲白氏修建了“白氏庙”，供后代在其逝后祭奉。隔河远望对岸依山临河而建的白氏庙。

村里屈指可数的保存完整的古建筑，除了承载李氏家族荣耀的李氏祠堂，其旁还有一座值得一提的古屋。古屋建得比周边新旧共存的房屋高出足有半米多，高高的门楣上那镌刻着“横渠书屋”的四个大字历经千年仍赫然在目。房檐上彩绘着精美的书卷图案。这就是元壁村始建于宋代的私塾学堂——横渠书屋。像元壁村这样的山野僻地，在千年前就有这样规模的学堂，足见当时李氏家族对文化教育的重视。

秉承元壁村人好学爱学的雅风，后来的广东省女子学校亦建于此。

村里的大户人家的老屋，蜷缩在现代的角落里幽幽发着古朴的光芒。门楣或窗棂上古式精美的雕刻，仍清晰可见，光彩夺目。

我终于明白了我的那位李姓朋友所说的自己家乡的与众不同了。

可惜，如同中国众多没有被完好保存保护的古迹遗址，曾经辉煌的元壁村也一样没能逃过惨遭破坏的厄运。

像受了伤，一伤千年，千年未愈。是不是每一个看过此景的连州人也像我这样心如刀绞？

元壁古村遗落千年的残垣断瓦，让我不忍再看。

对古村的破坏，源于初始政府对古村落价值认识的无知和对村民宣传教育的不力。受古村落外面繁华世界一些文物商贩的利诱，村里不少雕刻精美的木窗花、门栏、石狮子等近年被贱价收购。等村民开始认识到那些曾经破旧不堪的老屋的价值的时候，曾经代表元壁古村的那些古传精美的宝贝已经散落在全国各地的文物市场甚至漂洋过海成为他国竞价收买的荣耀。扼腕痛惜啊！

对古村的破坏，还源于土地政策。在中国农村，推倒自家地皮上的祖屋重建新房很普遍。于是，便有很多古屋被毁坏，便有很多的现代新房在千年根基上拔地而起。于是，千年古屋与现代民居错落有致，新旧交相辉映，在有着古村落之名的现代农村很是普遍。

可喜的是，不是每个村民都对外来的利诱动心。在村里，有着一些长期致力于保护老祖宗遗留下来的老宝贝的村民，他们有着对老祖宗遗留下来的老宝贝惨遭破坏的痛心疾首，他们有着保护家园的良知，他们有着保护开发古村落的长远眼光，他们有着为保护古村落而长期不懈努力奔走的毅力。在这些可敬的村民的感召下，在上级政府的努力下，村民们正渐渐意识到自己世代生长于斯的这一片土地是何等的尊贵。在政府和村民们的共同努力下，村里的古祠堂也在修复，许多残缺的古民居正在悄悄恢复原貌。

我期待着下次造访元壁，将会看见经过修复重建后于破败中重放光芒的元壁。

清山旷谷出幽兰——石兰古寨

寨如其名，石兰，像一位美女的名字。从元壁村往西北约十几公里，到达位于西岸镇的石兰古寨。有着古情怀、爱幻想、喜欢玩穿越的我，在石兰找到了感觉。

石兰寨有黄姓、杜姓和骆姓氏族，他们的祖先或因自然灾害、或因政治避难、或因战乱而辗转迁徙到此。其中黄姓和杜姓氏族都在寨子的主要进口建立了门楼，并在门楼正上方挂上石匾，匾上镌刻本氏族的族姓或族愿。可以想见，几百年来，不同姓氏的石兰寨人在此繁衍生息，一幅亦和亦斗、亦乐亦悲的古代乡民生活情景浮现在我的脑海。

全球华人重走秦汉古道
徒步赛道
中国 连州

我很荣幸地听一位生长在石兰寨的高中时代的杜姓同学讲起过石兰寨的点滴，还记得她说起石兰寨时的满脸自豪和依恋。

石兰古寨相对保存完好，没有大的损毁。古寨因其历史渊源、考古价值已荣升为省级古村落。

一帆風順

寨子有着浓郁的岭南古乡村的韵味，寨前连公路，村后直通后山，山势峻峭险要，便于隐匿，在天然的山隘可清楚地看到山下的一切，而出了寨子一路向北，便可到达广西、湖南。正因其独特的地理位置，历史上，南宋抗金名将岳飞的岳家军曾驻扎于此，修筑堡垒，练兵屯粮，保护乡民，为民除害。至今，在寨子后山的石山上，刻着“岳荣岭”的石碑，仍高高卧立在山岭，傲然展示这里曾经的荣光。

孩童在岳荣岭上聆听石兰寨如火如烟的往事。

站在岳荣岭上，远眺山乡如画的风景。

行走在石兰寨的青石板小巷里，清幽的感觉顿时从心底涌起。历经千年时光打磨过的青石板，年代越久越发青黑油亮，曲折蜿蜒，阡陌交错，连接着这一片乡野的宋屋、明堂、清楼；轻着脚步，悠着心情，感觉时光好像回到了遥远的年代。

深厚的历史文化积淀造就了石兰人的清雅内敛，不管是文人雅士，还是樵夫农妇。石兰寨各氏族人才辈出，从宋到清，从石兰寨走出去的将军、进士、文人赫赫有名。如低调、出自名门之后的骆氏族，其先祖就是当初被誉为唐代“初唐四杰”的骆宾王；如清嘉靖年间中了进士的杜氏族人杜坤，至今石兰寨杜氏门楼上还高高悬挂着杜坤的进士匾；黄氏族人在清乾隆年间中的进士黄子光、在光绪年间中的进士黄显松、在咸丰年间为清军平定太平天国而立下赫赫战功的黄国俊将军，可见，石兰寨人勤学苦读自古就已蔚然成风。想必我的那位杜姓同学一定会对我对她家乡的历史名人如数家珍而啧啧称奇吧。

石兰人闲静淡然地看着、听着来自闹市的人的脚步匆忙。寨子里的人总是安静地、从容地看着从外面来的人，也极少主动去打听什么。他们习惯了外人进寨游览、参观，他们习惯了游者对古寨的惊羡赞叹。杜姓同学便是一位低调内敛、读书优秀、工作出色、让人看着、听着、说着都舒服的女子，静静的，淡淡的，柔柔的，只有来过石兰寨、了解过石兰寨的历史，才会读懂杜同学写在脸上的静美。

石兰寨，一个寨前山后都散发着历史光芒的古寨，静谧古朴，低调不乏大气，淳朴又显雅致，宛若旷谷中的一株幽兰。

自古就是历史文化名城及粤湘桂重镇的连州，古村落遍布山乡旷野。家乡地处经济欠发达的粤北山区，隐没在山野的古村落即便因缺乏足够经费而未得以修缮，在我眼里，它们依然很美。我在秋雨中拜访的元壁古村和石兰古寨，只是众多已知古村落中的其中两个，就作为明年参加“全球华人徒步秦汉古道”的热身吧。对了，“全球华人徒步秦汉古道”的蓝色铁牌标记，多次出现在上文的图片中。有兴趣的朋友明年和我一起参加吧，让我们沿着先人的足迹，一路向北。

转身，在繁华的背后

∮ ∮ ∮

（一）

秋日午后，坐上乘客稀少的渡轮，驶向海的那一边。城市在海天之际渐渐消失，心在对岸那抹若隐若现的绿色中渐渐宁静。

一片海，半个时辰，隔开的是两个世界。

登岛时，午后的阳光随海风在海面上洒出一片清韵。

这是一个几乎寻不到人工痕迹的天然岛岸，岛上丛林密布，植被丰富。从树干的粗壮苍遒，便可知它们很古老，也许与岛俱来。

这是一个宁静的村庄，宁静得让人不敢相信它就在一海之隔的繁华转身处。

沿海岸的小路曲折蜿蜒，
直通山顶。

行至山腰，凭栏俯视山下迷人的海湾。

山梁上偶见有人家，简易的小房子，门前种一畦菜地，四周简洁干净，不见主人，却足以让人会想起某个远久的年代。

觉得在哪儿见过她是吗？对，露西，两个月前与我远渡重洋赴圣保罗。这次，我们在海的那一边出差，顺道乘船来此寻一方静谧。雾色氤氲下，随着海水涨潮拍打岩礁的律动，身姿轻盈的露西舞纱弄影，在天边那最后一抹斜阳的映衬下，舞弄出了一幅幅绝美的画。

这里算不上人迹罕至。几十年前，这里就是一个名不见经传的小渔村。多少年，这里的人们没有艳羡海那边的无尽繁华，而是墨守着世代生活劳作方式：打渔，晾晒、出售海产品，经营各类小店，把临海闲置的民房改成度假屋出租给来岛度假的人，静静地看着来自世界各地的人们在他们世代生息的海岛上欢腾。

陶醉在海边落日的 90 后妹子。

倚在岸边的树下，静静地看着天边最后那抹斜阳醉染海天，看着远处也在静静地坐着看夕霞的人，等夕阳醉落，等暮色来临。

当暮色包围了整个村庄，当村庄沉寂下来，我们披着第一抹月色走向码头。

离开满城繁华，转身，就是宁静。这片净土，离繁华二十海里，离心灵零海里。

这里，是香港离岛南丫岛，在繁华的背后一转身的那一片净土。

（二）

还记得三年前那个冬日黄昏，与友坐在长洲岛那片海岸岩礁上看日落，沉醉在“秋水共长天一色”中，竟不能相信是在香港。

今天，同样的渡轮，同样驶过那片海，同样是那座岛，只是随伴不一样，心境自然也不一样。与85后的露西和两个90后妹妹同行长洲岛，从船驶动的那一刻起，一路雀跃。

上岛后我们随意行走，往东便是圆桌村。三个妹妹恣意欢笑，为僻静的村子带来异乡的灵动。

我在美眉们的镜头里，一如沉静，远眺海面靠岸的渔船上飘扬的五星红旗在这片曾经的异域煞是耀眼。

岸边渔民在晾晒鱼虾，看样子捕捞收成不错。

临海的古街，一直延伸至海边。

码头旧址，虽已斑驳，闲置在街的角落。从那斑驳的石壁和雕花仍可辨读它曾经的繁盛。

到了海边，三位妹妹撒着欢儿在海滩上雀跃欢腾。

不曾想竟偶拍到如此别致难忘的景观。

我也忍不住脱了鞋，走在柔软的细沙上，沿沙滩往前走。
真想投入到大海的怀抱。
只是，转身，我便又要回到海那边的繁华都市。

有一种美，孤傲尘世千百年

∮ ∮ ∮

人们总说“爱在哪，家就在哪”“住哪爱哪”，可如我这般矫情的人，内心深处却无时不刻地纠结着一个没有答案的问题：我的根在哪？在生我养我的新疆？在父辈世代繁衍生息的家乡连州？还是在我安家立业的广州？很愧对有着极强包容力的广州的宽广胸襟，在此生活十余年，骨子里头却从未对此有过归属感。基于我这样无法改变的矫情，我从不喜欢都市的繁荣盛景，而是喜欢在偏僻巷陌里找寻鲜为人知的历史遗迹。这样的情怀，和我的归属感有关联吗？我一直在找寻中思忖。

不得不说，对于历史遗迹的认识和了解与人的阅历学识的增长不无关系。多年前，浅薄浮躁的我曾粗览九曜园，当时以园小而不足齿数。在今年用心游览过岭南四大园林后，重游九曜园亦是水到渠成。

从闹市匆匆走过的人们也许并不多留意这个虽小但古色生香的门廊。现代都市与古代园林之间，隔了那条川流不息的马路，还隔了千年的时光。

这是一个有故事的古园。你可看清内庭门楣所题园名为宋代大书法家米芾真迹？我特意让米芾的笔迹在我的镜头里若隐若现，是想卖个关子、留个玄虚，希望看了此图、阅了此文的你也能去九曜园看一看。

藥洲遺址
公告

带着园外的尘埃走来，立即就被九曜园的清幽而吸引，神怡心静。园之所小，一览无余，尽收眼底。这，就是遗世千年、如今隐没闹市的古园林——九曜园。

距今一千多年前的五代十国时期，南汉王朝建都广州。穷奢极侈的南汉开国皇帝刘岩在今越华路和教育路一带开凿人工湖泊——西湖，建造皇家园林，聚方士炼丹，后来西湖在历史长河中渐渐湮灭，唯保存下来的炼丹遗址——药洲即九曜园遗址在默默讲述着千年往事。

若不了解历史，你断不敢相信这样隐于闹市的一隅之地，竟然是一千多年前的皇家园林遗址，并且是中国现存最早的古代园林遗址。有着这样深厚历史背景的园林，又怎不值得后人细观详学？

站在门边这棵拏云攫石的古树下，觉得自己就是这树上的一片叶，在枝桠上生长一季，便将烟消云散于尘世。

踱步庭院里，环视整园的构造，领略千年前的古风匠心。

走进园林深处，回望来时经过的廊亭，看见它在阳光的闪耀下很遥远缥缈。

这一铺青砖墙下的水池，古称“玉池”，池中有个半圆形的石台，古称“玉屏”，池中林立的光怪陆离的石头被称为“石屏”。古诗有载：“玉屏台下玉池泉，绕岸石屏青齿齿，辇置应须费万金，园囿森罗供喜宴。刘鋹成本族尽已无余，此石犹存旧基址。”

九曜意即九颗星星，九，是虚数，指园里多座奇石，九曜园之名由此而来。园里最耀眼的莫过于这些瑰丽珍稀的奇石，沧海风霜一千年，它们还是当初的模样。

九曜园是历代皇室贵族、文人墨客雅集之地。至今园内仍保存着米芾、苏轼、程师孟、曾布等名家笔迹。

我庆幸此前领略过北方园林的壮丽、江南园林的纤秀和岭南四大名园的轻盈，才有幸现在多年后重游九曜园而发现她的隐慧。其实，九曜园一直位居岭南十大园林之列，虽默立于四大名园的光环之后仍熠熠生辉。然而，九曜园的皇家风范、显而易见的五代十国风韵、蕴涵的历史及艺术价值，为众多园林所无可匹敌。

与岭南私家园林的雍容华贵相比，九曜园尊贵和典雅与园俱来，即便没落也尊贵，尝尽沧桑更典雅，更有着“无意苦争春，一任群芳妒”的沉敛，就这样，孤傲尘世千百年。当岭南园林的建造达到登峰造极时，九曜园已傲立世间一千年。

在园里，我竟突然聊发感慨：“少无世俗韵，性本爱山丘。误落尘网中，一去三十年。”虽此，但绝无陶渊明的厌倦尘世、归隐山林的避世心态。踏出九曜园的门，一切都得重归尘世，继续找寻我的归属感，不是吗？